Puedes consultar nuestro catálogo en www.picarona.net

¿Y si yo fuera…?
Texto: *Richard Zimler*
Ilustraciones: *Aurélie de Sousa*

1.ª edición: septiembre de 2018

Título original: *Se eu fosse…*

Traducción: *Lorenzo Fasanini*
Maquetación: *Montse Martín*
Corrección: *Sara Moreno*

© 2014, Porto Editora & Richard Zimler
(Reservados todos los derechos)
© 2018, Ediciones Obelisco, S. L.
www.edicionesobelisco.com
(Reservados los derechos para la lengua española)

Edita: Picarona, sello infantil de Ediciones Obelisco, S. L.
Collita, 23-25. Pol. Ind. Molí de la Bastida
08191 Rubí - Barcelona
Tel. 93 309 85 25 - Fax 93 309 85 23
E-mail: picarona@picarona.net

ISBN: 978-84-9145-192-1
Depósito Legal: B-18.754-2018

Printed in Spain

Impreso en España por SAGRAFIC
Passatge Carsí, 6
08025 - Barcelona

¿Y si yo fuera...?

Richard Zimler

Picarona

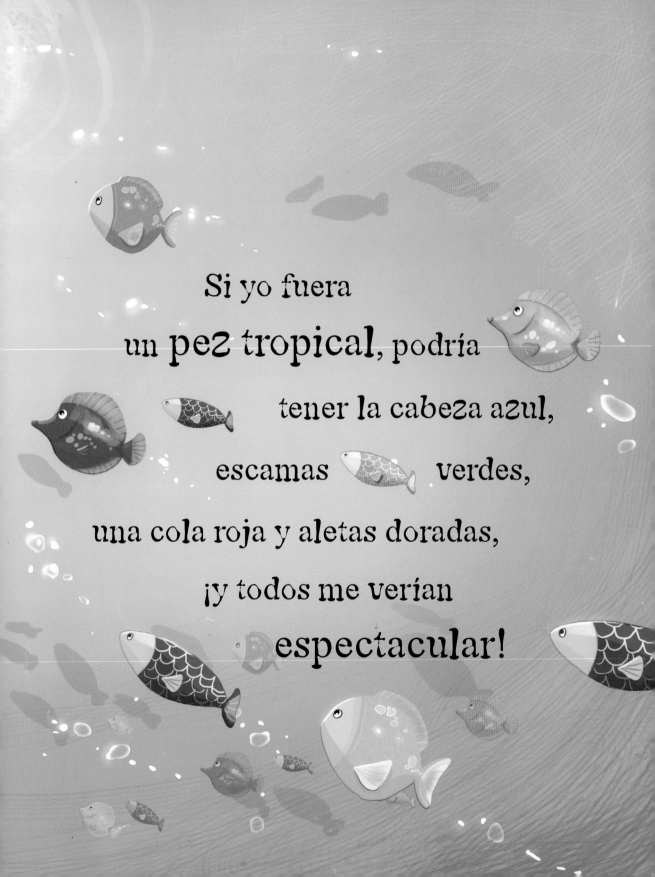

Si yo fuera
un **pez tropical**, podría
tener la cabeza azul,
escamas verdes,
una cola roja y aletas doradas,
¡y todos me verían
espectacular!

Si yo fuera una **jirafa,** ¡podría observar

los lugares más secretos!

Si yo fuera una cobra, podría esconderme

en la cama de mis padres ¡y darles un susto tremendo!

Si yo fuera un camaleón,

podría observar a la abuela

con un ojo y al abuelo con el otro,

¡y nunca me pillarían

por sorpresa!

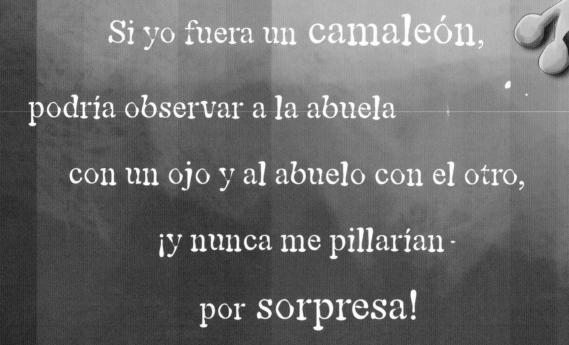

Si yo fuera
una golondrina,
podría sobrevolar
los atascos

¡y llegar a cualquier sitio en un momento!

Si yo fuera un león,

podría zamparme

a todos nuestros vecinos

¡y todavía me quedaría

hueco para un pastel

de chocolate!

Si yo fuera

un **pulpo,**

podría tocar la trompeta, el violín,

la pandereta y el piano,

¡todo al mismo tiempo!

Si yo fuera un delfín,

podría nadar con mis amigos hasta

las Canarias, ¡donde el agua
del mar está más calentita!

Si yo fuera un canguro,

¡podría saltar sobre la puesta de sol!

Si yo fuera

un **mirlo,**

podría cantar en todo momento

¡y nadie me pediría

que cerrase el pico!

Si yo fuera una **ardilla**,

podría trepar rápidamente

a la copa del árbol

más alto del parque,

¡y hacer creer a todo el mundo

que he desaparecido

sin dejar rastro!

Si yo fuera un topo, podría excavar un túnel bajo mi casa ¡que me llevase directamente a la playa!

Si yo fuera un perro,

podría ir oliendo a las personas,

para saber quién huele bien...

¡y quién no!

Si yo fuera

un murciélago,

¡podría dormir

cabeza abajo!

Si yo fuera

un **tiburón**,

¡podría **hacer huir**

a todos los bañistas!

Si yo fuera

una **mariposa**, ¡podría echarme la siesta

sobre la flor más hermosa

del **mundo**!

Si yo fuera un gato,

podría ir desnudo por la calle

¡y nadie me
obligaría a
ponerme ropa!

Si yo fuera una secuoya,

podría alcanzar los 100 metros de altura

¡y disfrutar de una vista

espectacular de la ciudad!

Si yo fuera
un trueno,
podría hacer
temblar a todos los niños
y niñas de España...
¡y del resto
de Europa!

Si yo fuera un océano,

¡podría abrazar todas las costas

y playas del mundo!

Si yo fuera
una montaña,

¡podría vivir
siempre cubierto de nieve!

Si yo fuera
una **estrella**,
¡podría formar parte

de una gran

constelación!

Si yo fuera

un **niño** –¡y lo soy!–,

podría usar mi imaginación

para transformarme en un perro,

un león, una jirafa, una mariposa

¡o en cualquier otra cosa que quisiera!